El día de Miranda

para bailar

escrito e ilustrado
por JACKIE JASINA SCHAEFER
traducido por ALBERTO BLANCO

LIBROS COLIBRÍ
Four Winds Press ᛉ New York
Maxwell Macmillan Canada   Toronto
Maxwell Macmillan International   New York   Oxford   Singapore   Sydney

Special thanks to Clare Flemming,
American Museum of Natural History.

Four Winds Press
Macmillan Publishing Company
866 Third Avenue
New York, NY 10022

Maxwell Macmillan Canada, Inc.
1200 Eglinton Avenue East, Suite 200
Don Mills, Ontario M3C 3N1

Macmillan Publishing Company is part of the
Maxwell Communication Group of Companies.

First edition
Printed in Singapore on recycled paper.

10 9 8 7 6 5 4 3 2 1

The text of this book is set in Berkeley Oldstyle.
The illustrations are rendered in pastels.
Book design by Andrea Schneeman

Library of Congress Catalog Card Number: 94-075950

ISBN 0-02-781112-3

A mis hijos:
Scott, Shannon, Deborah, y Shelby,
y al niño mágico que todos llevamos dentro
—J.J.S.

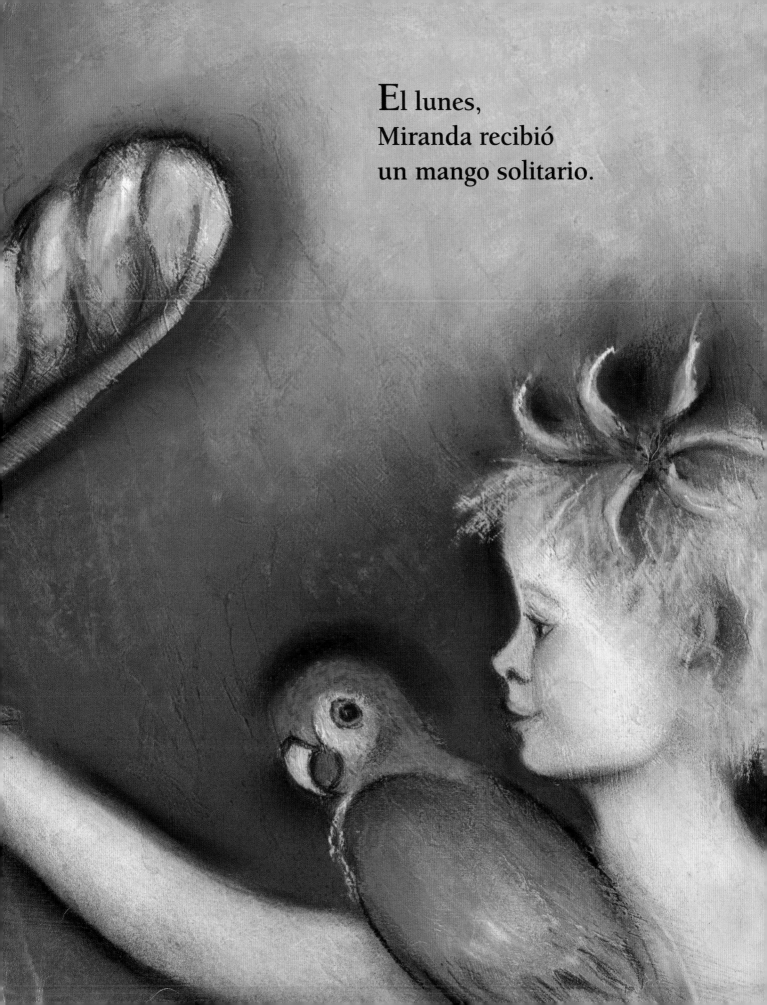

El lunes,
Miranda recibió
un mango solitario.

El martes,
le trajeron dos plátanos.

El miércoles,
aparecieron tres pequeñas piñas.

El jueves,
arribaron cuatro frambuesas rojas.

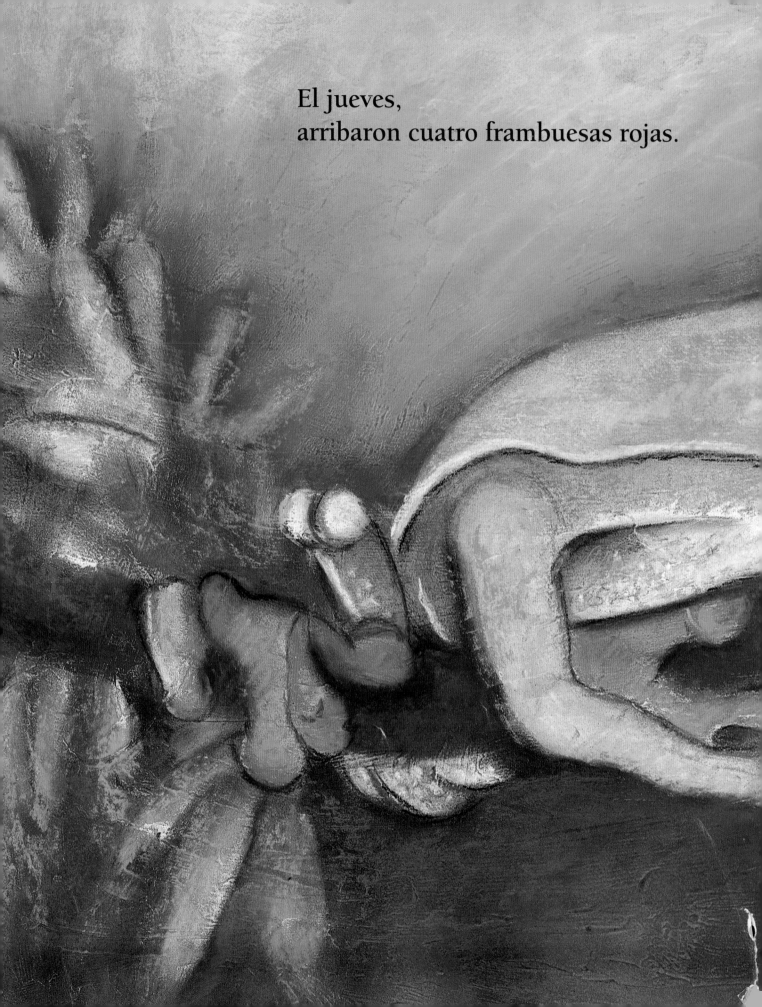

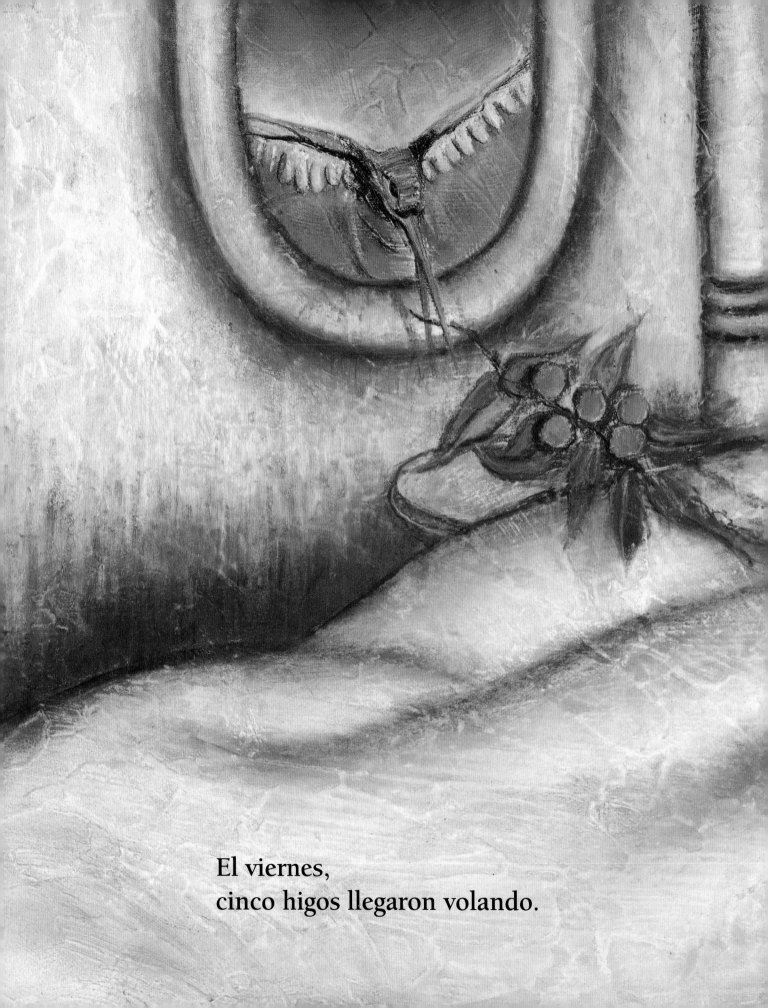

El viernes,
cinco higos llegaron volando.

El sábado,
le enviaron seis nueces.

Y el domingo no llegó nada.

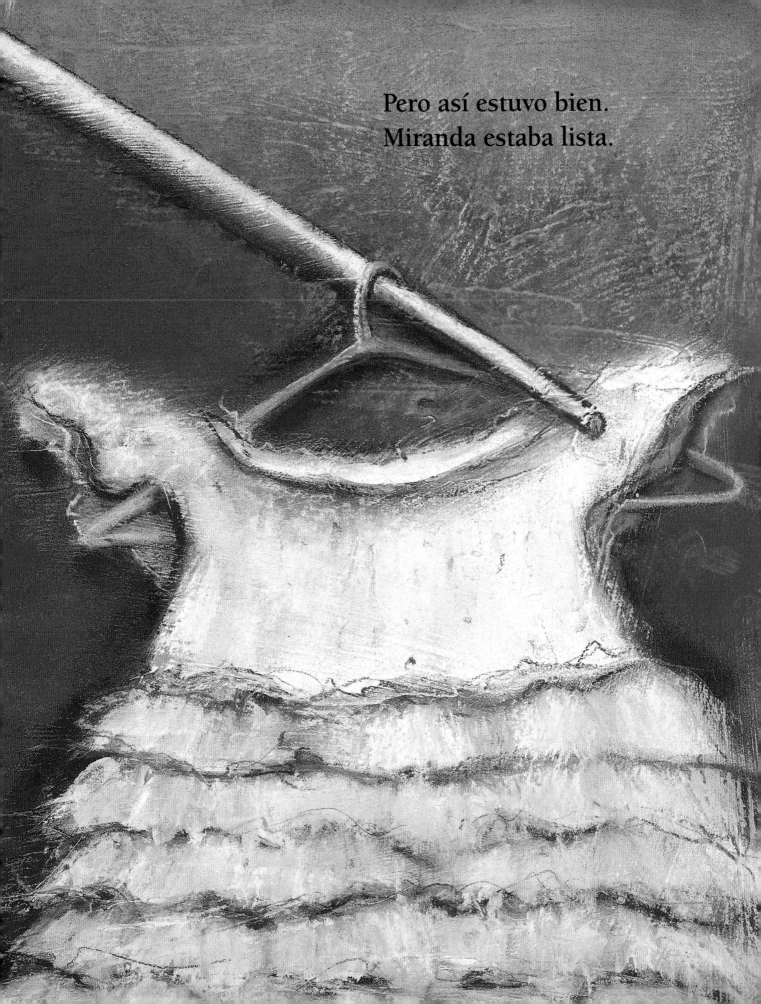

Pero así estuvo bien.
Miranda estaba lista.

El domingo era el día de Miranda para bailar.

Y bailó . . .

. . . y bailó.

Cuando terminó el día
y al fin se quedó dormida,
sus pies seguían bailando.

Hasta el lunes . . .
en que la fruta comenzó a llegar otra vez.

Los amigos de Miranda
en América del Sur

La **boa arborícola verde** tiene un hermoso diseño en la piel que le permite esconderse en el denso follaje de los bosques tropicales. El **mango** es una fruta jugosa que crece en un árbol de follaje perenne. Los **loros** son unos pájaros de muchos colores que pueden aprender a imitar el habla humana.

Los **monos aulladores** son capaces de gritar tan fuerte que se les puede escuchar en la selva a más de tres kilómetros de distancia. El **plátano,** que crece en abundancia en los trópicos, es uno de los alimentos favoritos de los monos.

La **vicuña** ha tenido que viajar mucho desde su refugio en las montañas nevadas para llevarle piñas a Miranda. Se trata del miembro más pequeño de la familia de los camellos. Las **piñas** se cultivan en los bosques tropicales de Sudamérica y se venden en tiendas de todo el mundo.

Las **ranas arborícolas** tienen una pequeña almohadilla adherente en la punta de los dedos que les ayuda a prenderse de las plantas y los árboles de la jungla. Las **frambuesas** de color rojo, negro, púrpura y amarillo, crecen en racimos de brillantes colores que atraen a mamíferos y aves de todo tipo.

El **colibrí** produce un zumbido muy especial con el rápido batir de sus alas. También se le conoce como **chupaflor,** pues le gusta chupar el néctar de las flores tropicales. Los **higos** son frutas muy apreciadas por los monos, los murciélagos y muchos pájaros de América del Sur.

Los **ratones** tienen grandes ojos negros para ver en la oscuridad y dientes frontales como formones que les permiten roer nueces, bayas y hierbas. Las **nueces del Brasil** se encuentran dentro de la fruta de un árbol que llega a crecer hasta alcanzar una altura de cincuenta metros.

El **tucán** es un pájaro selvático cuya lengua parece una pluma. Los **cocos** contienen una leche dulce y blanca.

Al leer este libro algunos lectores
recordarán sin duda a Carmen Miranda,
la famosa bailarina brasileña. Carmen Miranda actuó
en varias películas muy populares de los años cuarenta.
El recuerdo de su presencia espectacular en la pantalla
fue uno de los motivos de inspiración
para esta fantasía infantil.